अभी तो हिज्र मरहम है

रेणु नय्यर

अभी तो
हिज्र मरहम
है

रेणु नय्यर

Anybook

2020

ISBN : 978-81-933238-2-3

प्रकाशन Anybook
E - 18033, 16th Avenue
Gaur City -2, Greater Noida West
Ghaziabad - 201009 [U.P.]
Cell : 9971698930
E-mail contactanybook@gmail.com
Website www.anybook.org

अभी तो हिज्र मरहम है : रेणु नय्यर

ABHI TO HIJR MARHAM HAI
A poetry collection by *RENU NAYYAR*

आवरण चित्र : गौरव वशिष्ठ
पुस्तक सज्जा : पराग अग्रवाल

पता : 815/10 Housing Board Colony
Model Town, Jalandhar City - 144703 [PUNJAB]
Contact : 9779164668

इंतसाब

हर उस शय की नज़्र
जो एक ख़याल बनकर मेरी
शायरी में उतरती चली गई ।

"दिल की ज़रख़ेज़ ज़मीं से उगती कोंपल"

परवीन शाकिर ने कभी कहा था "मैं सच कहूँगी मगर फिर भी हार जाऊँगी" लेकिन रेणु नय्यर लगता है कुछ अलग ही इरादे से मैदान में उतरी है | वो सच बोलने की हिम्मत भी करती है और हार मानने को भी तैयार नहीं | उसके लहजे की बेबाक़ी उसकी शायरी में भी जा ब जा दिखाई देती है | उसका ख़ुद पर इतना एतमाद देख कर ख़ुशी भी होती है और डर भी लगता है | ख़ुद पर एतमाद बहुत ज़रूरी है लेकिन मैं मानता हूँ कि हमें बाहर से आने वाली ताज़ा हवा के लिये भी खिड़कियाँ खोल कर रखनी चाहिंये वर्ना हब्स का ख़तरा पैदा हो जाता है |

मौजूदा दौर में उग रही शायरों की बेतरतीब खरपतवार में कुछ ख़ुदरौ पौधे ऐसे भी हैं जो अपनी अलग रंगत और ख़ुशबू से पहचाने जा रहे हैं, रेणु भी उन में से एक है | अच्छा शे'र तभी होता है जब आग अंदर से भी शामिल हो | फ़न्नी ख़ामियाँ तो इस्लाह और अपनी मेहनत से दूर की जा सकती हैं लेकिन बुनियादी शर्त अपने एहसास का ईमानदाराना इज़हार है | रेणु अपने एहसास के पिघले हुए सोने को ज़ेवर बनाने का हुनर जानती है और उसके इस हुनर में मुसलसल निख़ार आ रहा है | सुबूत के तौर पर उसके कुछ अशआर मुलाहिज़ा फ़रमाइये :-

जिसको कहते हैं सुकूँ वो मुख़्तलिफ़ है
और जिस आलम में हूँ वो मुख़्तलिफ़ है

*****

और नहीं कुछ बीनाई का धोखा है
पागल है जो रेत को दरिया कहता है

*****

रेत होने तलक का क़िस्सा हूँ
बस तेरी याद तक संभलना है

सुब्ह होते ही ये मुअय्यन था
किस का सूरज कहां पे ढलना है

*****

लगता है कुछ दिन ठहरेंगे
मंज़र जो दर आये मुझ में

कुछ तो बोल मुसव्विर मेरे
किस के नक़्श मिलाये मुझ में

*****

भूल जाना बड़ा ही आसाँ था
मुझको ये भी हुनर नहीं आया

*****

दिल की मिट्टी की ज़रख़ेज़ी कुछ ऐसी है
कैसी भी हो फ़स्ल, उगाई जा सकती है

ज़रा मंज़र बदलते ही बदल जायेंगे सब चेहरे
बिछड़ते वक़्त का ग़म है, अभी तू नम न कर आँखें

पहली किताब की इशाअत की ख़ुशी पहली औलाद की पैदाइश जैसी होती है | हम में से बहुत से लोग इस एहसास से गुज़रे हैं | मैं रेणु की इस ख़ुशी में शरीक हूँ और उसके रौशन मुस्तक़बिल के लिये दुआ-गो हूँ |

सफ़र लम्बा है और दुश्वार है, मंज़िल भी दूर है लेकिन रेणु ने अपने लिये रास्ता बना लिया है और ये कोई मामूली बात नहीं |

ख़ुशबीर सिंह "शाद"

" काश आप उर्दू में कहा करतीं "

ये २०१२ की बात है जब मैं जालंधर (पंजाब) के उर्दू अख़बार 'हिन्द समाचार' में सब एडिटर के तौर पर मुलाज़मत कर रहा था | दफ़्तर की तीसरी मंज़िल के हॉल में एक अदबी तन्ज़ीम 'लोक लिखारी सभा ' की माहाना तरही नशिस्त हुआ करती थी | नशिस्त में उर्दू और पंजाबी के तरही मिसरों पर कलाम पढ़े जाते थे | नशिस्त का वक़्त मेरी ड्यूटी के बीच में आता था लिहाज़ा मैं मुख़्तसर से वक़्त के लिये ही नशिस्त में शरीक हो पता था | नशिस्त में अक्सर एक पंजाबी शायरा को सुनने का मौक़ा मिलता था | पंजाबी ज़ुबान में वो अक्सर ग़ज़लें कहा करती थीं | उनके कलाम से मैं बेहद मुतास्सिर था | उनके अशआर में बड़े अछूते पहलू निकल कर आते थे जिन में रंगे-तग़ज़्ज़ुल भरपूर होता था | वो पंजाबी शायरा थीं मोहतरमा रेणु नय्यर |

रेणु नय्यर का कलाम सुनकर अक्सर मेरे मन में ख़याल आता था कि अगर ये शायरी उर्दू में हो जाये तो कमाल ही हो जाये | शायद ये ख़याल इसलिये आता था क्योंकि मुझे उर्दू से ख़ास लगाव रहा है | मैं ख़ुद उर्दू ज़बान में तबअ-आज़माई की कोशिश करता था |

एक बार नशिस्त में कुछ पाकिस्तानी मेहमान आये हुए थे | नशिस्त के बाद मेहमानों को 'हिन्द समाचार' के दफ़्तर भी लाया गया । उनके हमराह मोहतरमा रेणु नय्यर भी थीं |मेहमानों के बाद उनसे भी मेरी मुख़्तसर बात हुई | रस्मी गुफ़्तगू के बाद मैंने रेणु नय्यर से कहा आपकी शायरी बहुत ख़ूबसूरत है | मेरे मुँह से बेसाख़्ता निकल गया "काश ! आप उर्दू में कहा करतीं" तो और मज़ा आता | इस छोटी सी मुलाक़ात के बाद रेणु नय्यर रुख़सत हो गयीं |

फिर एक दिन फ़ेसबुक पर रेणु नय्यर की फ्रेंड रिक्वेस्ट आई और इनबॉक्स में एक ग़ज़ल भी जो उर्दू ज़ुबान में कही हुई थी | रेणु नय्यर हालाँकि बहर-ओ-औज़ान से बख़ूबी वाक़िफ़ थीं मगर वो उर्दू न जानने की वजह से ग़ज़ल में उर्दू अल्फ़ाज़ का इस्तेमाल उनके औज़ान के हिसाब से सही नहीं कर पायीं | मैंने उनकी हौसला अफ़ज़ाई की और अपनी जानकारी के मुताबिक़ उनको सलाह दी और इस सिलसिले को जारी रखने का इल्तमास भी किया | इस के बाद एक के बाद एक कई ग़ज़लें उन्होंने उर्दू में कहीं जिनमें हैरान कर देने वाला सुधार आया | अब रेणु नशिस्त में भी अपना उर्दू कलाम पढ़ने लगीं जिन पर उन्हें भरपूर दादो-तहसीन से नवाज़ा जाता था ,ये सिलसिला बदस्तूर जारी है | मुख़्तसर ये कि रेणु नय्यर आज 'कुल हिन्द मुशायरों ' की मक़बूल उर्दू शायरा हैं | मुख़्तलिफ़ रिसालों में उनका कलाम बड़े एहतराम से शाया होता है |

और अब, जैसा कि हर क़लमकार का ख़्वाब होता है कि उसका कलाम लोगों के सामने किताबी सूरत में आये, रेणु नय्यर का ये ख़्वाब मुकम्मल हो गया | "अभी तो हिज्र मरहम है " पूरी आबो-ताब के साथ कारईने-अदब के हाथों में है |

रेणु नय्यर ने जिस सलीक़े से अपने एहसासात, जज़्बात और तख़य्युलात का फ़नकाराना इज़हार किया है, उससे उनकी फ़िक्री बुलंदी का बख़ूबी अंदाज़ा लगाया जा सकता है | उनके कलाम में जहां हुस्न-ओ-इश्क़ की रानाई है वहीं ज़िन्दगी के तल्ख़-ओ-तुर्श तज्रबात की कसक भी नज़र आती है | देखिए , एक ग़ज़ल के दो अशआर :-

रवां ये आपकी आंखों में क्या है इक नदी जैसा
मगर होंठों पे कुछ रक्खा हुआ है तिश्नगी जैसा

कभी चूड़ी की बंदिश थी कभी पाज़ेब की बेड़ी
हमारे पास से गुज़रा न कुछ भी ज़िंदगी जैसा

रेणु की शायरी में तमाम तर फ़न्नी ख़ुसूसियात मौजूद हैं | वो फ़न की नज़ाकत और बारीकियों पर गहरी निगाह रखती हैं -

घूँट पी कर सब्र का और तश्तरी ग़म की सजा कर
आँच पर सपने पका कर, भूख को सालन करें हम

रेणु के अंदाज़े-बयान में जहां बेसाख़्तगी है वहीं नग़मगी और शाइस्तगी भी भरपूर पाई जाती है -

अजब हूँ मैं, मुझे ये सोच के भी डर नहीं लगता
मेरा घर क्यों मुझे अक्सर मेरा ही घर नहीं लगता

फ़लक को तान रक्खा है अदा से आज भी मैंने
मुझे कमरों की बोसीदा छतों से डर नहीं लगता

जो नज़रियात और ख़यालात रेणु के यहां मिलते हैं वो उनके बातिन का आईनादार हैं -

जिस को कहते हैं सुकूँ वो मुख़्तलिफ़ है
और जिस आलम में हूँ वो मुख़्तलिफ़ है

वो अक़ीदत हो, मुहब्बत या बग़ावत
नाम जिसका है जुनूँ वो मुख़्तलिफ़ है

रेणु के मिज़ाज में सादगी कूट कूट कर भरी हुई है | वो हुस्न-ए- अख़लाक़ के जौहर से लबरेज़ हैं और ये चीज़ उनके कलाम में भी झलकती है | पेश हैं चँद अशआर -

बस इतना फ़ासला है दरमियाँ अपने तअल्लुक़ में
किसी दिन आ के मुझको तू मनाये, मान जाऊँगी

****

जिसपे चल के एक दिन तुझ तक पहुंचना था मुझे
रास्ता वो जाने कितने रास्तों में बँट गया

****

दिन से क्यों शर्मिंदा हैं
रात पे हंसने वाले लोग

****

जाने किस जीत का मुन्तज़िर है यहाँ
हर घड़ी दौड़ता, भागता आदमी

****

कोई पतझड़ नहीं है सीने में
आँसुओं पर बहार यूँ ही है

रेणु के यहाँ ऐसे अशआर की भी कमी नहीं है जिन में आस की शम्में जगमगा रहीं हैं और ज़िंदा रहने की जसारतें जलवारेज़ हो रहीं हैं :-

चराग़ ए ज़ीस्त मद्धम है, अभी तू नम न कर आँखें
अभी उम्मीद में दम है, अभी तू नम न कर आँखें

किसी दिन वस्ल की चारागरी भी काम आएगी
अभी तो हिज्र मरहम है, अभी तू नम न कर आँखें

सराबों से अभी उम्मीद के झरने नहीं सूखे
अजब तिश्ना सा आलम है, अभी तू नम न कर आँखें

रेणु की सोच प्यारे और लतीफ़ एहसासात की खोज में रहती है | ज़िन्दगी के इंद्रधनुष के रंगों में चाहत का रंग ही उन्हें महबूब है | हालाँकि वफ़ा के रंग भी हैं जिनमें ख़ुश्बुओं का एहसास है | ज़िंदगी के तज्रबात का अक्स भी उनकी सोच के कैनवस में कारईन को दिखाई देता है | जा-ब-जा उनके अशआर में समाजी हालात और समाजी रुजहानात की मंज़रकशी भरपूर नज़र आती है |

ग़ज़लों के साथ साथ रेणु नय्यर ने नज़्में भी कहीं हैं जो इस मजमूए के दुसरे हिस्से में हैं | उनकी नज़्मों में भी मख़मली एहसासात का अक्स उभरता हुआ महसूस होता है | इसी के साथ ज़िन्दगी के पुरपेच सफ़र में वो इसकी कठिनाइयों की दास्तान भी अपनी नज़्मों में रक़म कर रहीं हैं | रेणु ज़िन्दगी का अक्स ऐसा देखना चाहती हैं जहाँ

ख़ुशी को कोई ज़वाल न हो | उनकी नज़्मों में कहीं कहीं इंक़लाबी इज़हार-ए-ख़याल भी दिखाई देता है | एक छोटी सी नज़्म देखिये :-

जो मैं चल पड़ी थी कल शब
अनजान इक डगर पर
तेरी मंज़िलों से मिलने का
हसीन अहद ले कर
न मैं तुझ तलक ही पहुंची
न मैं ख़ुद से मिल ही पाई
वापिस मैं आ गई हूँ
राहों की गर्द ले कर

रेणु की उर्दू ज़बान में शायरी की उम्र हालाँकि ज़्यादा नहीं है लेकिन उनके कलाम में जो पुख़्तगी नज़र आती है वो एक तवील उम्र में की गई मश्क़ के बाद भी मुश्किल से आती है |" अभी तो हिज्र मरहम है" उनका पहला शेरी मजमूआ है | सुख़नवरी के इस सफ़र में रेणु बहुत लम्बा सफ़र तय करेंगी ऐसा उनकी मश्क़ और तर्ज़े-सुख़न से महसूस होता है |

रेणु नय्यर की शायरी, ख़ुसूसन 'ग़ज़लिया शायरी' अपने अंदर बेइंतहा वुसअत रखती है | ज़बानो-बयान में उसूल और ज़ाब्तों की पाबन्दी और पुख़्तगी रेणु का मक़ाम अदब में बहुत ऊंचा करती है |

- शमशीर ग़ाज़ी

कभी तो वस्ल की चारागरी भी काम आयेगी
अभी तो हिज्र मरहम है, अभी तू नम न कर आँखें

इशारिया

ग़ज़लें

"नज़्में"

अशआर

मेरे हर दोस्त को वो दोस्त अपना कर रहा है
सलीक़े से मुझे वो रोज़ तनहा कर रहा है

ग़ज़लें

अपने साये का घर बदलना है
तेरे पैकर में आ के ढलना है

रेत होने तलक का क़िस्सा हूँ
बस तेरी याद तक संभलना है

ये जो काई है, जिस्म की काई
वक़्त आने पे इसको गलना है

सुब्ह होते ही ये मुअय्यन था
किसका सूरज कहां पे ढलना है

इश्क़ है, हाँ ये इश्क़ ही तो है
इसमें अब और क्या बदलना है?

उजाला कू-ब-कू है, और क्या है
मेरे हमराह तू है, और क्या है

तेरे एहसास की दस्तक हमेशा
ख़यालों पर रफ़ू है, और क्या है

ये ख़ामोशी अचानक लग गई जो
मुसलसल गुफ़्तगू है, और क्या है

अगरचे दूर हो, नज़दीक हो पर
कमाले-आरज़ू है, और क्या है

वहाँ बस मैं नहीं हूँ, और सब हैं
यहाँ बस तू ही तू है, और क्या है

अब इस से और सादा क्या बनें हम
तुम्हारी जुस्तुजू है, और क्या है

सफ़र इक दूसरे का एक सा है
बदन मंज़िल नहीं है, मरहला है

मेरे चेहरे पे जो ताबिन्दगी है
फ़ना होने से पहले की क़बा है

मैं सारी उम्र तुझको याद आऊँ
तेरे उस भूलने की ये सज़ा है

वो महफ़िल में, वही तन्हाई में भी
मुझी में आ के मुझको ढूँढता है

जो चाहो तो कोई दस्तक ही भेजो
मेरा घर देर से सूना पड़ा है

तेरी नज़रों से गुज़री रहगुज़र भी
हज़ारों मंज़िलों का रास्ता है

सबके लहजे समेट कर रख लें
आ ये लम्हे समेट कर रख लें

ये भी मौसम हसीन है कितना
ख़ुश्क पत्ते समेट कर रख लें

अब सफ़र धूप का तमाम हुआ
अपने साये समेट कर रख लें

उससे गुफ़्तार की अमानत हैं
हम ये शिकवे समेट कर रख लें

रोज़ मिलते कहाँ हैं सादा लोग
इनके हुलिये समेट कर रख लें

याद आये तो आँख भर आये
हम वो क़िस्से समेट कर रख लें

अब यहाँ कौन मुड़ के आयेगा
आओ रस्ते समेट कर रख लें

गरचे मिट्टी निकल गई सारी
रूह है जिस्म पर अभी भारी

ज़िंदगी ज्यों टंगी हो खूँटे पर
मुस्कुराने का जश्न है जारी

रात जैसे हो दश्त ख़्वाबों का
नींद जैसे कि कोई बंजारी

इश्क़ की बदमिज़ाज गलियों में
मुँह छुपाती है अब वफ़ादारी

लाख दामन बचा के चल दें हम
इश्क़ तो ख़ुद है एक चिंगारी

और निखरा है तबसे वस्ल मेरा
हिज्र ने जब से की कलाकारी

कैसे कैसे साये मुझमें
किसने जिस्म छुपाये मुझमें

लगता है कुछ दिन ठहरेंगे
मंज़र जो दर आये मुझमें

आईना मुश्किल में आया
अक्स ऐसे गहराये मुझमें

कुछ तो बोल मुसव्विर मेरे
किस के नक़्श मिलाये मुझमें

वक़्त की देरीना यादों ने
क्या क्या घाव छुपाये मुझमें

एक कहानी ले आना जो
सदियों तक रह जाये मुझमें

○

उसको आना था पर नहीं आया
लौटकर नामाबर नहीं आया

शाम के बाद रात भी गुज़री
सुब्ह का भूला घर नहीं आया

रास्तों पर सफ़र तो जारी है
इक अदद हमसफ़र नहीं आया

धूप को सायबान कर डाला
दूर तक जब शजर नहीं आया

भूल जाना बड़ा ही आसाँ था
मुझको ये भी हुनर नहीं आया

धूल तक घुल गई फ़िज़ाओं में
कोई लेकर ख़बर नहीं आया

धूप को कुछ और जलना चाहिए
जिस्म क्या, साया पिघलना चाहिए

गोद सूनी हो चली है आँख की
अब तो कोई ख़्वाब पलना चाहिए

ग़म बयां हो प्यास का कुछ इस तरह
रेत से पानी निकलना चाहिए

बुझते बुझते जल उठा मेरा चराग़
अब हवा को हाथ मलना चाहिए

हम बदन की बंदिशों से दूर हैं
रूह में तुम को भी ढलना चाहिए

अब ज़ुबां तक आ गईं हैं तल्ख़ियाँ
अब हमें फ़ौरन निकलना चाहिए

दुनिया को हर चीज़ दिखाई जा सकती है
पत्थर में भी आँख बनाई जा सकती है

दिल की मिटटी की ज़रख़ेज़ी कुछ ऐसी है
कैसी भी हो फ़स्ल, उगाई जा सकती है

हिज्र का मौसम वो मौसम है जिसमें अक्सर
आँखों में भी रात बिताई जा सकती है

पत्थर को ठोकर तक ही महदूद न समझो
पत्थर से तो आग लगाई जा सकती है

दिल की बाज़ी वो बाज़ी है जिसमें जानाँ
हारें भी तो जीत मनाई जा सकती है

चराग़-ए-ज़ीस्त मद्धम है, अभी तू नम न कर आँखें
अभी उम्मीद में दम है, अभी तू नम न कर आँखें

किसी दिन वस्ल की चारागरी भी काम आएगी
अभी तो हिज्र मरहम है, अभी तू नम न कर आँखें

अभी तो सामने बैठी हूँ, बिलकुल सामने तेरे
अभी किस बात का ग़म है, अभी तू नम न कर आँखें

सराबों से अभी उम्मीद के झरने नहीं सूखे
अजब तिश्ना सा आलम है, अभी तू नम न कर आँखें

बहारें हों न हों फिर भी चमन ख़ाली नहीं रहता
ये मौसम ग़म का मौसम है, अभी तू नम न कर आँखें

ज़रा मंज़र बदलते ही बदल जायेंगे सब चेहरे
बिछड़ते वक़्त का ग़म है, अभी तू नम न कर आँखें

अभी तो बुलबुलें भी गा रहीं हैं प्यार के नग़मे
अभी तो लुत्फ़ ए पैहम है, अभी तू नम न कर आँखें

मेरे दिल में उसने ऐसे तेरा ख़याल डाला
कोरे लिबास पर हो जैसे गुलाल डाला

जिस सिम्त भी तू रहता हरगिज़ मेरा न होता
तेरा नाम लिख के सिक्का फिर भी उछाल डाला

मैं ज़मीं से आसमां की हर हद के पार पहुँची
तह तक था तेरी जाना, सब कुछ खँगाल डाला

इक पल में देख तेरी तस्वीर बन गयी जब
किसी आरज़ू में ला कर थोड़ा मलाल डाला

उसने जवाब में कुछ तारे गिरा दिए थे
मैंने फ़लक पे जब जब कोई सवाल डाला

बिछड़ते वक़्त की उस एक बदगुमानी में
सदाएं बह गई सब आँख ही के पानी में

बहार रंग के सपने मिलेंगे आँखों में
ख़िज़ाँ जो लौट कर आयेगी शादमानी में

किसी भी हश्र से महरूम ही रहा वो भी
मेरी तरह का जो किरदार था कहानी में

जगह जगह से कई हर्फ़ धुल गए होंगे
बहा है वक़्त जो उस डायरी पुरानी में

शीशा-सिफ़त थे आप और शीशा सिफ़त थे हम
बिखरे हुए से आप हैं, बिखरे हुए से हम

उसने थमा दी हाथ में इक बाँसुरी हमें
पत्थर उठा के हाथ में देने लगे थे हम

मौजूद है तेरी तरह पर सामने नहीं
कैसे कहें ये बात अब पागल हवा से हम

हर शख़्स है तेरी तरफ़, तेरी ही बज़्म है
किसको सुनाएँ फिर तेरे क़िस्से जफ़ा के हम

तेरी किसी मुराद की ख़ातिर मेरे रक़ीब!
गिर जायें आसमान से हैं वो सितारे हम

ज़रा सा याद रखना, भूल जाना, और चल देना
मेरी फ़ितरत है थोड़ा मुस्कुराना, और चल देना

फ़क़त आँखें नहीं ये दिल भी वाबस्ता है ख़्वाबों से
उन्हें तरतीब से रखना, सजाना, और चल देना

जो अपना ग़म बड़ा लगता है तो दुनिया का ग़म देखो
ज़रा सा बाँट लो हंसना हंसाना, और चल देना

हमारे फ़न से हम हैं और रब की है इनायत भी
हमारा काम था इतना बताना और चल देना

क़दम मुश्किल से उठते थे, कि मुस्तक़बिल में जाना था
कहाँ आसान था माज़ी भुलाना और चल देना

तुम्हारे दिल की थीं बातें हमें होंठों पे लानी थीं
बड़ा मुश्किल था गिरहें खोल पाना, और चल देना

आपसे हमको प्यार यूँ ही है
आपका इन्तज़ार यूँ ही है

कोई दरिया नहीं है आँखों में
आज दिल को क़रार यूँ ही है

जिसके ग़म में हैं लज़्ज़तें इतनी
उसके ग़म का ख़ुमार यूँ ही है

कोई पतझड़ नहीं है सीने में
आँसुओं पे बहार यूँ ही है

बांध के रख दिया है ख़्वाबों को
दिल पे भी इख़्तियार यूँ ही है

अक्स तो टूट के गिरा ही नहीं
आइना अश्कबार यूँ ही है

बुझ रहा है बिना हवा के भी
इक दिया सोगवार यूँ ही है

कोई आया, कोई गया भी नहीं
रास्ते पर ग़ुबार यूँ ही है

नहीं रहता हमेशा एक सा मंज़र उसे कह दो
बदल जाते हैं अक्सर वक़्त के तेवर उसे कह दो

मुहब्बत के सफ़र का वो जो तनहा सा मुसाफ़िर है
कोई मंज़िल नहीं है मुन्तज़िर जा कर उसे कह दो

तुम्हारे ही अक़ीदों पर ये जा के बात ठहरी है
ख़ुदा कह के बुलाओ या फ़क़त पत्थर उसे कह दो

हमारे ज़र्द मौसम का वो साथी है मगर फिर भी
कभी रानाईयों में भी मिले आ कर उसे कह दो

मैं वो हूँ जिसके ख़ुद ही आ के मंज़िल पाँव चूमेगी
मुझे बहला न पायेगी कोई ठोकर उसे कह दो

मेरा लहजा गवाही दे न दे इस बात की फिर भी
मैं दिल पे बात ले लेती हूँ ये जा कर उसे कह दो

वो जो सुन के तूने नहीं सुनी
मेरी बात ज़ाया चली गई

मुझे याद है वो विसाले-ग़म
और याद है ग़मे-हिज्र भी

अभी दिन के थे हमीं मुन्तज़िर
अभी खा रही है ये रौशनी

मुझे हर्फ़ हर्फ़ समझ लिया
मेरी ज़ात फिर भी बिसार दी

मेरे रंग में तेरा रंग हो
मुझे रास आये मुसव्विरी

मुझे भूल जा ऐ फ़राख़ दिल!
मुझे याद रख तू ऐ ज़िंदगी!

अपना कहने वाले लोग
छुप कर डसने वाले लोग

अपने फ़न में माहिर हैं
ताने कसने वाले लोग

दिल को वीराँ कर ही गए
दिल में बसने वाले लोग

लोगों से कब मिलते हैं
ख़ुद में रहने वाले लोग

ठोकर से कब डरते हैं
राह पे चलने वाले लोग

दिन से क्यों शर्मिंदा हैं
रात पे हंसने वाले लोग

कैसे रंग बदलते हैं
साया बनने वाले लोग

औरों की कब सुनते हैं
अपनी कहने वाले लोग

दिल की बातें जानेंगे
आँखें पढ़ने वाले लोग

रस्ता तेरा काटेंगे
पीछे चलने वाले लोग

सारे बुज़दिल निकलेंगे
हम पे मरने वाले लोग

हर एहसास जो हम ने ख़ुद ही ख़ुद से छुपा कर रक्खा था
उस से कैसे छुपता वो तो आदमक़द आईना था

ज़ाहिर में हंस कर कितनी ही बातें करता रहता था
अंदर से वो शख़्स जो बिल्कुल झीलों सा संजीदा था

उन ख़्वाबों में, जिन में तुम कल रात भी साथ नहीं आये
रेत समंदर जैसी थी और पानी सहरा जैसा था

तपती धूप में सायों से वो लम्स ही उस को याद आये
हाथ छुड़ा कर जाने वाला रस्ता जब जब भटका था

कश्ती में तो बैठ मुसाफ़िर दूजे पार चले आये
किसको था ये अंदाज़ा वो पानी कितना गहरा था

उसके सर के ताज के एक अल्मास की ज़ीनत क्या होगी
जिस की गलियों का छोटा सा पत्थर भी ताबिंदा था

पुरानी रंजिशें सब भूल जायें
चलो कुछ देर को हम मुसकुराएं

हमें तनहाईयां गर रास आएं
क़फ़स में भी रहें और गुनगुनायें

परस्तिश की उसे उम्मीद है तो
ये बुत टूटा हुआ उसको दिखाएं

वो घर जो आ रहा है बाद मुद्दत
उसे हालात से वाक़िफ़ कराएं

वो ज़द में बादलों की आ गया है
चलो उस चाँद को चलकर छुड़ाएं

निशाने पर वो ख़ुद ही आ गया है
उसे अब घाव से कैसे बचाएं

चलो मसरूफ़ कर लें फिर से ख़ुद को
चलो इक दूसरे को भूल जायें

o

जो जी चाहे रक्खें, न चाहें, गिरा दें
ज़रूरत की शय हैं ये कच्ची दीवारें

मुअत्तर हैं इनसे दरो-बाम मेरे
दुपट्टे के कोनों में बांधीं हैं यादें

सजाते तो किस शह पे हम ख़्वाब अपने
जो जगती थीं नींदें तो चुभती थीं रातें

सुना है कि छुट्टी पे है चाँद कुछ दिन
चलो इन मुंडेरों पे तारे सजा दें

भला इस में बड़ा क्या चाहती थी
जो मैं भी मुस्कुराना चाहती थी

तवक़्क़ो कब थी मुझको मंज़िलों की
मैं तेरे साथ चलना चाहती थी

किसे मंज़ूर था तकमील होना
समंदर से मैं रस्ता चाहती थी

वो जो हाथों से कल छूटे थे मनके
मैं माला में पिरोना चाहती थी

जहां ख़ैरात में तू मुझको मिलता
मैं हर उस दर पे सजदा चाहती थी

मेरे आँसू को भी मोती बनाता
कोई ऐसा फ़रिश्ता चाहती थी

लो आख़िर हो गई हूँ मैं भी पत्थर
मैं तेरे जैसा होना चाहती थी

फिर से हैराँ हैराँ है हैरानी इक मुद्दत के बाद
दिल ने दिल की बात सुनी और मानी इक मुद्दत के बाद

तुम से मिल कर ऐसे ही पहचान गंवा देते हैं लोग
जैसे मिट्टी पे गिरता है पानी इक मुद्दत के बाद

वक़्त से पहले छोड़ दिया था बचपन जिन नादानों ने
उन बच्चों की देखी है नादानी इक मुद्दत के बाद

फिर से तेरा नाम लिखा पन्नों पे फिर से काट दिया
दिल ने की है पहले सी शैतानी इक मुद्दत के बाद

तेरी आमद के सदक़े में फिर से ये गुलज़ार हुई
देखो खिल के आयी ये वीरानी इक मुद्दत के बाद

माज़ी के सीले पन्नों में हर शख़्स अकेला चलता है
ये वक़्त का कैसा दरिया है हर वक़्त जो उल्टा चलता है

इन जिस्मों के इस जंगल में हर शय की क़ीमत है मुमकिन
पर रूहों के बाज़ारों में कब किसका सिक्का चलता है

जब बाज़ारों में उतरे हो तो क़ीमत की फिर फ़िक्र है क्यों
जो आख़िर दम तक चलना हो तो महंगा सौदा चलता है

पहचान गंवा कर बैठे हैं ये नामों वामों वाले सब
ये दिल वालों की महफ़िल है, यहाँ दिल का रिश्ता चलता है

हर तौर नुमाइश होती है फिर ज़ेवर हों या तेवर हों
सब बाअदबों की महफ़िल में ये एक सलीक़ा चलता है

कैसे कैसे वाबस्ता हैं अँधेरे उजालों से आख़िर
गर नूर सलामत हो सर पे तो पीछे साया चलता है

किसी ज़िद पे टिका हो गर ये सर, अच्छा नहीं लगता
और उस पे टूट के गिरने का डर , अच्छा नहीं लगता

उदासी घोंसले की कह रही थी चीख़ कर मुझसे
कि जब घर में न हों बच्चे तो घर अच्छा नहीं लगता

तअल्लुक़ ग़ैर लोगों से तुम्हारा यूँ बढ़ाना भी
मुझे अच्छा तो लगता है, मगर अच्छा नहीं लगता

कभी फ़ुर्सत मिले तो घर चले आना ओ मेरे ग़म
भटकना यूँ तुम्हारा दर-ब-दर अच्छा नहीं लगता

चराग़ो भूल जाओ जिस्म की सब लर्ज़िशों को तुम
हवा से हार जाने का ये डर अच्छा नहीं लगता

कभी जब बीते लम्हे याद आये, भर गयीं आँखें
कई अपने पराये याद आये, भर गयीं आँखें

छुपा कर रख दिए थे पल, जो मेज़ों की दराज़ों में
वहीं चुपचाप धड़के, याद आये, भर गयीं आँखें

वो कानों में पिघलते लफ़्ज़ हों या बर्फ़ से आँसू
वो सारे तल्ख़ लहजे याद आये, भर गयीं आँखें

हवा पानी की गर्दिश सह न पाये गिर गए पल में
जो बुत हमने तराशे, याद आये, भर गयीं आँखें

वो कैक्टस की चुभन जब हाथ से सीने तलक पहुंची
न जाने दोस्त कितने याद आये, भर गयीं आँखें

तअल्लुक़ हो कोई भी सिलसिला कैसा रहे अब
तकल्लुफ़ का हमारे दरमियाँ परदा रहे अब

हथेली पर मेरी लगता है उग आये हैं काँटे
लकीरों में हर इक रिश्ता तभी उलझा रहे अब

किसे मंज़ूर था उन तयशुदा राहों पे चलना
मेरी मंज़िल पे मेरी ज़िद का ही चर्चा रहे अब

तू मेरा है, नहीं है, है, नहीं है, है नहीं है
सरे-महफ़िल हमारा ही फ़क़त चर्चा रहे अब

गली में खेलते बच्चों में बाँटी कुछ किताबें
किसी ख़ुशबू से मेरा घर सदा महका रहे अब

है सर पर आसमां, पैरों में है सड़कों का जंगल
किसी बेकल सफ़र से वास्ता मेरा रहे अब

कभी उड़ कर जो पेशानी पे मेरी आ गया था
वो पत्थर पाँव के नीचे कहीं बिछता रहे अब

था अना पे ही अपनी टिका आदमी
देखने में लगा था बड़ा आदमी

रूप यूँ तो हज़ारों निकल आएंगे
आदमी में से है लापता आदमी

जंगलों से कभी ये सदा आएगी
लौट जा, लौट जा, लौट जा, आदमी !

ख़ुद को पहचान पाया न तस्वीर में
एक मुद्दत से था गुमशुदा आदमी

जाने किस जीत का मुंतज़िर है यहां
हर घड़ी दौड़ता भागता आदमी

मुझे वो राख कर दे, यूँ जलाये, मान जाऊंगी
और उसके बाद मुझको भूल जाये, मान जाऊँगी

किसी मुश्किल को आसाँ बोल देना है बड़ा आसाँ
वो मेरी ज़िंदगी जी कर दिखाये, मान जाऊँगी

बस इतना फ़ासला है दरमियाँ अपने तअल्लुक़ में
किसी दिन आ के मुझको तू मनाये, मान जाऊँगी

अगर आने न दूँ मैं दर्द की तस्वीर चेहरे पर
वो मेरे दिल की हालत जान जाये, मान जाऊँगी

तली पर ज़िंदगी रक्खा है तुझ को आबलों जैसा
मेरे नख़रे किसी दिन तू उठाये, मान जाऊँगी

अगर मिल जाए थोड़ी और मोहलत, लौट जायेंगे
तेरे दर पे करेंगे हम ज़ियारत, लौट जायेंगे

बुरा सौदा नहीं है ये कि कुछ लफ़्ज़ों के बदले में
तुम्हारे शहर से ले के मुहब्बत, लौट जायेंगे

हम अपने वास्ते चुनते हैं सारे ख़ार गुलशन के
तुम्हें देकर ये सब ख़ुश्बू की दौलत, लौट जायेंगे

अदा, अलफ़ाज़, फ़न, ये दिल, ये सांसें, जिस्म की मिट्टी
तुझी को सौंप कर तेरी अमानत, लौट जायेंगे

आज भी वैसी है जैसी कल रही है
ज़िंदगी तो चाल अपनी चल रही है

चार-सू ख़ामोशियाँ, तनहाईयाँ हैं
गुफ़्तगू फिर भी हमारी चल रही है

अब तो उसका फ़न ही मुझको देखना है
मेरी मिट्टी जिसके सांचे ढल रही है

आँधियाँ जिसको उड़ा के ले गईं थीं
शाख़ से टूटी वो पत्ती जल रही है

हाशिये पे रख न दे दुनिया हमें भी
है तो साजिश, पर सुना है चल रही है

ज़िंदगी तो मोम की मानिंद है, बस
गल रही है, गल रही है, गल रही है

यूँ तेरे लफ़्ज़ों में ख़ुद को बाँध लें
सामने बैठे रहें, तुझको सुनें

ज़िक्र तेरे की महक से रात-दिन
दम-ब-दम हर हाल में महका करें

याद की काई से फिसले पैर जब
होश में गर हों तो हम संभला करें

काश दे जाये कभी ये फ़न कोई
हम हथेली की लकीरों को पढ़ें

ग़ैरहाज़िर हो अगरचे तू कभी
हम तसव्वुर से तेरे बातें करें

जज़्ब कर देना किसी मिट्टी में तुम
ख़्वाब पलकों से कभी जो गिर पड़ें

रंग तेरी शख़्सियत के आ गये
और कितना आ के अब तुझमें ढलें

कई पर्दे ज़रूरी हैं मुहब्बत के हवाले से
बिखर जाती हैं कलियाँ भी हवा के तेज़ झोंके से

महकते हैं किसी ख़ुशबू से इस के रेशमी धागे
कई एहसास बाँधे थे कभी मैंने दुपट्टे से

ये मेरे काँच के कुछ ख़्वाब हैं, इनको संभालो तुम
सजा लेना तुम अपने घर के आले में क़रीने से

ये किस के ख़ैरमक़दम का इरादा कर रहे हैं सब?
बहुत पूछा था कत्थक कर रहे हर एक पत्ते से

ये सोने भी नहीं देते, ये जगने भी नहीं देते
कई अशआर रहते हैं मेरे पोरों पे अटके से

हवा के साथ आई है सफ़ेदों की वो ख़ुशबू भी
तेरा पैग़ाम मिलता है मुझे इनके बहाने से

अभी कुछ लोग हैं जो इस को ज़िंदाबाद कहते हैं
मुहब्बत है तो है अब और क्या कहना ज़माने से

हर ग़ज़ल पर खिल उठेंगे फूल भी, तुम देखना
फिर से गाएंगी बहारें रागिनी, तुम देखना

जगमगा उठेंगे मिसरे घर की हर मुंडेर पर
उन से मांगेगी ज़िया ये ज़िंदगी, तुम देखना

ये तेरे अल्फ़ाज़ फिर उम्मीद से हैं, ग़म न कर
ये शजर देंगे समर इस बार भी, तुम देखना

दिल के वरक़ों पर लिखेंगे दास्तां ये लफ़्ज़
भी होंठ पर आ कर बनेंगे बाँसुरी, तुम देखना

धूप के आँचल से निकलो तो चले आना यहां
रात दे देगी तुम्हें इक ओढ़नी, तुम देखना

सौंप रक्खी है तुम्हें मैंने इसी उम्मीद से
काम आ जाएगी मेरी बेख़ुदी, तुम देखना

वो दिन में जब थका तो बाँसुरी के पास जा बैठा
जो रातों को जगा तो चाँदनी के पास जा बैठा

नदी, झरने, किताबें, चाँद, तारे और तन्हाई
वो मुझ से दूर हो कर हर किसी के पास जा बैठा

मैं जब घबरा गया हर रोज़ के सौ बार मरने से
उठा शिद्दत से और फिर ज़िंदगी के पास जा बैठा

ख़लल जब भी बढ़ा है ग़ैर लोगों का, तो फिर सब को,
ख़ुदा-हाफ़िज़ कहा और फिर ख़ुदी के पास जा बैठा

ये मेरी बेख़ुदी है या है उसके प्यार का आलम
उसी के पास से उठ कर उसी के पास जा बैठा

सभी हमसफ़र सभी मंज़िलें वो चमन कि जिसमें हवा न हो
सभी रास्ते ही मैं छोड़ दूँ जहां साथ में तू चला न हो

मेरी हसरतें मेरी ख़्वाहिशें ज़रा बाँट लेती हूँ तेरे संग
मेरे दर्दो-ग़म कभी कम न हों तेरे हाथ में जो शिफ़ा न हो

ये जो बादलों से है आ रही कोई धूप छन के मेरी तरफ़
इन्हीं झूमरों की ही ओट में कहीं देखना वो छुपा न हो

कभी चाँद बन के उतर भी आ कि सियाह दिल में हो रौशनी,
मेरे घर में कोई दिया नहीं मेरे साथ में जो जला न हो

तेरे इन ख़तों में छुअन भी है तेरे इन ख़तों में चुभन भी है
नहीं साल, दिन, या कोई घड़ी, कोई पल जो इन में जिया न हो

कभी ज़िक्र मेरा किया न हो किसी बज़्म में किसी शख़्स से
कोई ऐसा हो मुझे जिसने यूँ कभी आँख से भी छुआ न हो

मेरे हाथ में जो वो हाथ था, कहीं दूर पीछे ही रह गया
मैं नज़र में उसकी बुरी सही, वो मेरी नज़र में बुरा न हो

बड़ी तनहा सी महफ़िल थी, कहीं कोई न चर्चा था
न मस्जिद थी, न मंदिर था, फ़क़त इक दिल ही टूटा था

बढ़ा कर देख ली मैंने हर इक कोने से वुस'अत भी
कहां से आसमां बनता वो पिंजरा फिर भी पिंजरा था

उठा जब बाप का साया, किनारा कर गये रिश्ते
हमारे काम जो आया, हमारी माँ का गहना था

किताबे-ज़ीस्त के पन्नों में करके दफ़्न बैठे थे
वजूद उसका तसव्वुर में किसी माज़ी के जैसा था

तुम्हें हम याद रक्खेंगे, अजब इसमें कहाँ कुछ था
हमें तुम भूल जाओगे, करिश्मा ये तो होना था

मेरे दीदा-ए-तर की भी नमी कब काम आयी थी
वो सूखी रेत की सूरत, मेरी मुट्ठी से फिसला था

जला दीं कश्तियाँ सारी उतरकर मैंने साहिल पर
जो मेरा मुंतज़िर होता वहां कोई न ऐसा था

मैं जिसमें खो के सारे ही तक़ल्लुफ़ भूल जाती थी
मेरा तुमसे जो नाता था वो लंबी गुफ़्तगू सा था

रेज़ा-रेज़ा बुतकदे बिखरे थे कल
आंधियों के शहर में चर्चे थे कल

बन के साया जो चले थे उम्र भर
ज़िंदगी भर के लिये बिछड़े थे कल

हां, गले तक आ गया है अब धुआँ
राख में से ख़्वाब जो ढूँढे थे कल

ले गया पहचान तुझसे वो तेरी
आईने भी मुझपे यूँ हँसते थे कल

कल मेरे होंगे, ये मैंने कब कहा
कब कहा मैंने कि वो मेरे थे कल

आज मुझसे वास्ता होगा कोई
उनके लहजे तो बड़े रूखे थे कल

जब मेरी औक़ात से भारी ये कासा हो गया
ख़ुद-ब-ख़ुद आ के तेरी चौखट पे सजदा हो गया

ख़्वाब अपने दे के कहता है कि हल्का हो गया
मुझ को कर के वो मुकम्मल ख़ुद अधूरा हो गया

चल कहीं पर चल के दिल के बोझ को हल्का करें
ज़िंदगी से भी कहीं भारी ये बस्ता हो गया

इस हथेली पर कभी खींचीं थी तुमने जो लकीर
रफ़्ता-रफ़्ता रंग उसका और फीका हो गया

ज़िंदगी तुझसे कोई नाराज़गी तो थी नहीं
फिर भी कुछ टूटे हुए ख़्वाबों को शिकवा हो गया

रौशनी थी दम से तेरे, हम चराग़ों से लड़े
अब हुआ मालूम क्यों वीरान हुजरा हो गया

वो तकब्बुर में खड़ा था रेत के इक ढेर पर
और उसको ये लगा हर शख़्स बौना हो गया

दरमियाँ रख कर हथेली को ये हम समझा किये
अक्स सूरज का हमारे दम से धुंधला हो गया

जिसको कहते हैं सुकूँ वो मुख़्तलिफ़ है
और जिस आलम में हूँ वो मुख़्तलिफ़ है

मुख़्तलिफ़ हैं ख़ूबीयां हर शख़्स में, पर
मुंतज़िर मैं जिस की हूँ वो मुख़्तलिफ़ है

मंज़िलों का तो रवैया एक सा है
राह जिस पर मैं चलूँ वो मुख़्तलिफ़ है

वो अक़ीदत हो, मुहब्बत या बग़ावत
नाम जिसका है जुनूँ वो मुख़्तलिफ़ है

दिल के हैं सब मुख़्तलिफ़ अंदाज़ लेकिन
दिल के सब नख़रे सहूँ वो मुख़्तलिफ़ है

मुझको तुमसे हो ग़रज़ ऐसा नहीं है
क्यूँ तुम्हारे पास हूँ वो मुख़्तलिफ़ है

क्यूँ हवा हक़ में हमारे अब नहीं है
अब हमारे हक़ में क्यूँ वो मुख़्तलिफ़ है

कहा किसने कि लचकीला नहीं हूँ
अलग है बात मैं झुकता नहीं हूँ

चला हूँ तेरी जानिब जबसे, तब से
मैं अपनी राह से भटका नहीं हूँ

है मुमकिन डूब जाओ आ के मुझमें
समंदर हूँ कोई सहरा नहीं हूँ

तुम्हें मैं ढूंढता फिरता हूँ बाहर
मैं अपने आप में उतरा नहीं हूँ

तेरे एहसास में एहसास है ये
अकेला हूँ, मगर तनहा नहीं हूँ

मुआफ़ उसको करूँ जो दिल से खेले
मैं अच्छा हूँ, मगर इतना नहीं हूँ

अंधेरों में तेरा मैं साथ छोड़ूँ
हक़ीक़त हूँ, कोई साया नहीं हूँ

जड़ों सा फैल जाऊंगा किसी दिन
मैं मिट्टी से अभी निकला नहीं हूँ

मुझे जलना है हर पल ऐ अंधेरो!
दिया हूँ मैं, कभी उगता नहीं हूँ

रवां ये आपकी आँखों में क्या है इक नदी जैसा
मगर होंठों पे कुछ रक्खा हुआ है तिश्नगी जैसा

हैं लाखों रास्ते इसमें, हज़ारों मंज़िलें इसमें
भटकता फिर रहा है दिल में कुछ आवारगी जैसा

ख़ुदा, वाइज़, दरिंदे, देवता और जाने क्या क्या थे
मिला कोई नहीं मुझको अभी तक आदमी जैसा

बिछड़कर हमसे सोचा था बड़े ख़ुशबाश होगे तुम
तुम्हारा हाल भी निकला हमारे हाल ही जैसा

जो चौराहे पे बच्चे खेलते हैं रोज़ मिट्टी में
कोई गौहर तो लाओ ढूँढ के उनकी हंसी जैसा

कभी चूड़ी की बंदिश थी कभी पाज़ेब की बेड़ी
हमारे पास से गुज़रा न कुछ भी ज़िंदगी जैसा

मैं इसकी गोद में आकर हज़ारों राहतें पाऊँ
'अबोहर' से मेरा नाता है माँ की ओढ़नी जैसा

०

आठ पहरों का ये चक्कर उलझनों में बँट गया
मसअलों में कुछ बँटा, कुछ रतजगों में बँट गया

ख़्वाहिशें, सपने, मुसलसल इम्तिहाँ, दुश्वारियाँ
ज़िन्दगी का गीत कितने अंतरों में बँट गया

इज़्ज़तें तो हो गईं तक़सीम हर अख़बार में
लूट का सामान जो था, रहबरों में बँट गया

जिस पे चल के एक दिन तुझ तक पहुंचना था मुझे
रास्ता वो जाने कितने रास्तों में बँट गया

छोड़ कर जाते हो जाओ, तुम मगर ये सोचना
मंज़िलों का शौक़ कैसे हादसों में बँट गया

ये ख़ज़ाना है मेरे हिस्से का, ये अल्फ़ाज़ और फ़न
कौन कहता है कि सब क़द्दावरों में बँट गया

⚫

मुझसे नावाक़िफ़ है मेरे अंदर का वो शोरो-ग़ुल
कैसे पढ़ते हो मेरे हर तेवर का वो शोरो-ग़ुल

बाहर के सन्नाटों से तो कितने दरजे अच्छा है
शाम सहर को उठने वाला भीतर का वो शोरो-ग़ुल

मख़मल के कपड़ों पर बेचैनी की सिलवट पड़ती है
अंदर अंदर चुभता है जब अस्तर का वो शोरो-ग़ुल

मना बहुत करते हैं फिर भी दिल कब किसकी सुनता है
इसकी महफ़िल से उठता है साग़र का वो शोरो-ग़ुल

किसने देखी थी बेचैनी, किसने देखा सूनापन
ख़ुद में ही मसरूफ़ बहुत था हर घर का वो शोरो-ग़ुल

खिड़की दरवाज़ों पर क़ाबिज़ हैं रेशम के परदे अब
पिछले कमरे में सिसके हैं खद्दर का वो शोरो-ग़ुल

पैरों ने अब बंद कर दीं हैं सुनना ख़ुद की बातें भी
रब ही जाने कौन सुनेगा चादर का वो शोरो-ग़ुल

अजब हूँ मैं, मुझे ये सोच के भी डर नहीं लगता
मेरा घर क्यों मुझे अक्सर मेरा ही घर नहीं लगता

मिला है ज़ख़्म तुमको आज सच कहने पे दुनिया से
अगर तुम झूठ कह देते तो ये पत्थर नहीं लगता

फ़लक को तान रक्खा है अदा से आज भी मैंने
मुझे कमरों की बोसीदा छतों से डर नहीं लगता

सभी मख़मल से रिश्तों को हिफ़ाज़त की ज़रुरत है
कभी खद्दर के कपड़ों में कोई अस्तर नहीं लगता

तकब्बुर है या है एहसास उसको कमतरी का कुछ
जो अपने सामने उसको कोई बेहतर नहीं लगता

मेरी ग़ज़लों से जो वाबस्तगी है
तेरी है, हाँ तेरी है, बस तेरी है

वो मिलता है मुझे टुकड़ों में अक्सर
ख़ुदा जाने ये क्या बेचारगी है

कभी तो कशमकश ये राज़ खोले
वो मेरा है, या कोई अजनबी है

है अपने दरम्यां ये फ़ासला क्यों
मेरी कुरबत में क्या कोई कमी है ?

बिताया वक़्त जब से साथ अपने
मेरी आँखों में जाने क्यों नमी है

नज़रिया तोड़ ना दे ये तअल्लुक़
ग़लत हूँ मैं, तो तू भी कब सही है

ज़रा सा सोच कर आमीन कहना
दुआ का रंग थोड़ा साज़िशी है

अता हो जाए जो तौफ़ीक़ तो मंज़र बदल पाए
जो काँटों पर चला हो उम्र भर, फूलों पे चल पाए

उठाओ वक़्त को, उस ताक़ पे रख दो, जहां से वो
न कह पाये, न सुन पाये, न कोई चाल चल पाये

धड़कता ही रहा कल रात भर तकिया तुम्हारे बिन
इसे आदत नहीं मेरी तरह तुम बिन संभल पाये

कहाँ मालूम था मुझको कि सहराओं की भटकन से
ये मुमकिन है कि मेरी तश्नगी का हल निकल पाये

वो मेरा हमसफ़र है शोख़ियों की राह में लेकिन
ये क्या अच्छा हो जो वो साथ मेरे ग़म में चल पाये

किसी आवाज़ की आहट मुसलसल साथ चलती थी
अजब थी कश्मकश तारी, न रुक पाए, न चल पाए

कभी अलफ़ाज़ ने मेरे जो हिजरत की थी जिल्दों से
उड़ा कर ले गई पर्दे हवा कितने ही सफ़्हों से

तुम्हारे हिज्र ने हमको हुनर ये ख़ूब सिखलाया
अकेले काट लेते हैं कई लम्हात सदियों से

ज़रा नज़दीक आते ही, हक़ीक़त हो गई ज़ाहिर
नक़ाबें सबकी उतरी हैं कई परतों में चेहरों से

सदा तदबीर से बिगड़ी हुई तक़दीर बनती है
कोई जा के उसे बोलो, जो उलझा है लकीरों से

अजब सा है सफ़र जारी, अजब है कैफ़ियत तारी
सदा ख़ुद को लगाऊं मैं, उदासी के जज़ीरों से

चाँद-तारों को खिलौने, आस्मां आँगन करें हम
नींद को जंगल बना कर, ख़्वाब को चंदन करें हम

इस से पहले दिन सरक के शाम की दहलीज़ छू ले
इन चिराग़ों को चलो इक नूर से रौशन करें हम

जिनके चलते रंग फीके पड़ रहें हो रूह के सब
उन गिले-शिकवों को अपनी ज़ात की उतरन करें हम

घोंसले और चंद पत्ते हम वहाँ पर टांक आयें
शाख़ की गहरी उदासी को चलो गुलशन करें हम

वो दुआएं, जो नहीं हक़ में हमारे, क्यों न फिर भी
उन दुआओं के लिये भी एक सा दामन करें हम

ओस की बूंदों से पूछा कैसी ये दीवानगी है
हंस के बोलीं जिस्मे-फ़ानी पर ही यूँ छन-छन करें हम

घूँट पी कर सब्र का और तश्तरी ग़म की सजाकर
आँच पर सपने पकाकर, भूख को सालन करें हम

वो ठंडी राख से जलता शरारा मांगने आया
पशेमाँ था, वो मेरा दिल दुबारा मांगने आया

मैं तिनका हूँ मगर उम्मीद का दामन संभाले हूँ
वो डूबा जब कभी, मुझसे सहारा मांगने आया

समंदर था, मगर उकता चुका था अपनी वुसअत से
हुई हैरत, नदी से जब किनारा मांगने आया

मैं जुगनू की तरह चुपचाप अपनी लौ में जलता था
मेरी दौलत भी क्यों रौशन सितारा मांगने आया

ज़मीन और आसमां मेरे उसी की दस्तरस में थे
तो क्यों मुझसे मुझे सारे का सारा मांगने आया

मेरे मौला ! कहाँ से लाऊँ मैं गुज़रे ज़मानों को
जो उसने वक़्त मेरे संग गुज़ारा, मांगने आया

ये गुमाँ हमको रहा वो दोस्त बन कर आयेगा
ये कहाँ मालूम था वो बन के ख़ंजर आयेगा

देखना है अपने इस फैले हुए दामन में अब
फूल कोई आयेगा या कोई पत्थर आयेगा

इम्तिहाँ ऐसा है अब के प्यास परखी जाएगी
गर ये सहरा पार कर लें तो समंदर आयेगा

जज़्बा-ए-दिल ही नहीं तो जज़्बा-ए-जां क्या करें
जब उठेंगे इस ज़मीं से तो ही अंबर आयेगा

तोड़ बैठा है तअल्लुक़ जाने अब किस बात पर
मैं गुमां में हूँ किसी दिन वो मेरे घर आयेगा

वो ख़ुदा हो तो रहे, करवाए सबसे बंदगी
बुत जो ऊँचा है खड़ा, इक दिन ज़मीं पर आएगा

•

मुहब्बत और शफ़क़त से जो सर पे हाथ धर जाते
तुम्हारा कुछ नहीं ज़ाता, हमारे ज़ख़्म भर जाते

पराया गर कोई होता हमें उम्मीद होती क्या?
वो वक़्ते-आज़माइश था, खरे तुम तो उतर जाते

अभी तो डूबने के और भी इम्कान बाक़ी हैं
उभरना ख़ुद ही आता तो तेरे ग़म से उभर जाते

उठा के लॉन से गमले को ले आते जो कमरे में
गुलों का रंग भी जाता, और तितली के भी पर जाते

ज़बाँ का क़ौल था इक, और दूजा दिल का रिश्ता था
वो आलम बेबसी का था, इधर जाते, उधर जाते

ये कैसी लग गई थी शर्त जिस्मों की ज़मीरों से
ज़मीं जाती थी पैरों से, धड़ों से या तो सर जाते

मरासिम का तअल्लुक़ ऐसी बातों से था हम जिनको
जो कह देते तो मर जाते, न कहते तो भी मर जाते

अब तेरे पहलू में आकर रुख़सती होती नहीं
ख़ुदकुशी है ये और हम से ख़ुदकुशी होती नहीं

तू कहे तो कह भी दे वल्लाह अब काफ़िर मुझे
अब तो मुझसे इन बुतों की बंदगी होती नहीं

सोच के बाज़ार में क्या लफ़्ज़ भी महंगे हुए ?
मुफ़लिसी के दौर में क्यों शायरी होती नहीं

आज से हैं बे-ख़बर और कल से नावाक़िफ़ हैं जो
हमसे उन लोगों की मानिंद मसख़री होती नहीं

घर हो तिनकों का कहीं और आग से हो दोस्ती
ज़िन्दगी इतनी भी यारो सिरफिरी होती नहीं

दिलजलों का शौक़ है दिल से करें, करते रहें
दर्द के मंज़र पे हमसे दिल्लगी होती नहीं

एक मिसरे में ढाल दो मुझको
कुछ नया सा ख़याल दो मुझको

मैं तुम्हें भूल ही न पाऊँ, बस
कोई ऐसा कमाल दो मुझको

मेरी आँखों को मौजज़ा दे दो
ऐसी हैरत में डाल दो मुझको

ख़्वाहिशें क़ैद कर सकूँ जिसमें
कोई ऐसा भी जाल दो मुझको

गर तअल्लुक़ है बोझ तुम पर तो
ज़िन्दगी से निकाल दो मुझको

हो अगर यार मेरे सच्चे तुम
मेरी ख़ातिर मलाल दो मुझको

हूँ परेशां, जवाब क्या दूँगी
अब न कोई सवाल दो मुझको

उलझे एक शजर में तनहा, मैं और तुम और पीला चाँद
पत्तों की सर सर में तनहा, मैं और तुम और पीला चाँद

कैसी हद है, कैसी बंदिश, कैसा आलम, कैसा ग़म
अपने अपने घर में तनहा, मैं और तुम और पीला चाँद

दिन भर धूप में सायों की संगत से थक के हारे हम
और फिर याद नगर में तनहा, मैं और तुम और पीला चाँद

जिसमें अक्सर डूब गए हम, फिर भी अक्सर पार हुए
माज़ी की उस लहर में तनहा, मैं और तुम और पीला चाँद

घर के ज़ीने से चल कर कल रात ख़ला में भटके हम
शब के बाद सहर में तनहा, मैं और तुम और पीला चाँद

इक दूजे संग रोते, हँसते, खिलते और मुरझाते हम
बेशक वक़्ते-सफ़र में तनहा, मैं और तुम और पीला चाँद

तब तेरी रहमतें नहीं होतीं?
हमसे जब कोशिशें नहीं होतीं

हम मुहब्बत-ज़दा फ़क़ीरों से
आदतन रंजिशें नहीं होतीं

यूँ ही सहरा सिफ़त नहीं आँखें
अब इधर बारिशें नहीं होतीं

तुझको तकना सुकून आँखों का
दिल को ये राहतें नहीं होतीं

एक भटकन ये मुझसे कहती है
जा-ब-जा मंज़िलें नहीं होतीं

सर उठाये हुए चली आयीं
ख़त्म क्यों हसरतें नहीं होतीं

इश्क़ है, तोहमतें तो मिलनी हैं
सब पे ये रहमतें नहीं होतीं

रात महदूद है उजाले तक
ख़्वाब की वुसअतें नहीं होतीं

●

ख़ुदा से उसे माँग कर देखते हैं
फिर अपनी दुआ का असर देखते हैं

हमीं हैं मुसाफ़िर, हमीं आबला-पा
तमाशा-ए-गर्दे-सफ़र देखते हैं

फ़क़ीरी, फ़क़ीरी, फ़क़ीरी, फ़क़ीरी
न जन्नत, न दुनिया, न घर देखते हैं

इधर आ, ऐ हुस्ने तमन्ना इधर आ!
नज़र भर तुझे इक नज़र देखते है

किसी अक़्स में क्या वो बांधेंगे मुझको
चुरा कर नज़र शीशागर देखते हैं

न जाने कहाँ गिट गये नक़्शे-माज़ी
चलो आज फिर सोच कर देखते हैं

हमारे ही घर से निकलता है अक्सर
जिसे लोग शामो सहर देखते हैं

कड़ा इम्तिहाँ चाक पर था नज़र का
अभी तक वो रक़्से हुनर देखते हैं

अब के ख़ुदग़र्ज़ियाँ ही लाया है
ये बरस तल्ख़ियाँ ही लाया है

दोस्त थे तो क़रीब थे हम तुम
इश्क़ तो दूरियाँ ही लाया है

वस्ल नुक़सान दे गया लेकिन
हिज्र ज़रख़ेज़ियाँ ही लाया है

है चमक ही चमक मगर फिर भी
ये क़फ़स बेड़ियाँ ही लाया है

एक ही बात पर हंसना, रोना
दिल ये मजबूरियाँ ही लाया है

अब मुहब्बत भी की न जाएगी
तज्रबा पस्तियाँ ही लाया है

अकेले में मुझे वो रो चुका है
मेरे हर ग़म से फ़ारिग़ हो चुका है

मैं उस के रतजगे अब तक भी काटूँ
मेरी नींदें वो कब का सो चुका है

ग़लत-फ़हमी नहीं तो और क्या है
वो दिल के दाग़ सारे धो चुका है

शिकायत है रवैयों की उसे क्यों
वही उगता, जिसे वो बो चुका है

वो ख़ाली आइने की बेबसी है
कोई पहचान अपनी खो चुका है

इसी अंजाम पर आती कहानी
जो होना था वो कब का हो चुका है

ख़ुद को बादल मुझको प्यासा कहता है
फिर क्यों अक्सर सहरा सहरा कहता है

और नहीं कुछ बीनाई का धोखा है
पागल है जो रेत को दरिया कहता है

इश्क़ का क्या है, इश्क़ जिसे लग जाये वो
ख़ुद को बीना, सबको अंधा कहता है

पहले घर के लोग यहीं तो रहते थे
तन्हाई से अब ये ताला कहता है

कहते कहते रुक जाता है फिर आख़िर
कौन है अपना जिसको अपना कहता है

जब किसी से भी मशविरा कीजे
उसकी दिल से ही तब सुना कीजे

कितना मुश्किल बना के रक्खा है
ख़ुद को आसान तो ज़रा कीजे

आइने से गिला है क्यों साहिब!
ख़ुद को उस पार भी रखा कीजे

दिल है, बैठा ही जा रहा है अब
वो न आये अगर तो क्या कीजे

ये घड़ी इंतज़ार वाली है
रात को दिन में ही गिना कीजे

हमसे अब काम ही रहा क्या है
हमसे अब और मत मिला कीजे

जो सबसे ख़ूबरू धोखा रहा है
जबीं पर आज तक सजता रहा है

पिघल कर चाँद सारी रात ही कल
हमारी आँख से बहता रहा है

अदब से पेश आना रास्तो, वो
चुनिंदा लफ़्ज़ ले कर आ रहा है

तुम्हारा लम्स लाया था जो बादल
किसी उम्मीद में उलझा रहा है

मुसाफ़िर! ख़ामुशी से चल ज़रा तू
अभी ये रास्ता सुस्ता रहा है

चलो ख़ानाबदोशी ख़त्म कर दें
चलो अब घर चलें, दिन जा रहा है

पुरानी धुन, पुराना गीत है जो
तुम्हारी याद को बहला रहा है

•

दिल को इक ज़ख़्म मैं नया दे दूँ?
आग को फिर से मैं हवा दे दूँ?

ये मरज़ हड्डियों को खाता है
हिज्र को नाम और क्या दे दूँ

मुझको मेरी नज़र से तुम देखो
काश अपना मैं ज़ाविया दे दूँ

तू मुकम्मल है, तुझको डर कैसा
हाथ में तेरे आइना दे दूँ?

काट के वो निकल ही जाता है
जिसको ख़ुद में से रास्ता दे दूँ

चाहने वाले ख़ैर हो तेरी
ये न हो दर्द इक नया दे दूँ

मुझसे उम्मीद है चराग़ों को
आज को कल का सिलसिला दे दूँ

रंग के ज़ाविये से बात कह ही जायेगा
सागरे-चश्म तो हर हाल बह ही जायेगा

क्या तक़ल्लुफ़ करें महमाने-जान से अपने
वक़्त तो है नहीं, कह देंगे, रह ही जायेगा

इश्क़ में इतना भी माज़ूर क्यों बने कोई
लोग सोचें कि है मज़लूम, सह ही जायेगा

ज़लज़लों को मेरी बुनियाद तक का इल्म नहीं
और दावा है ये घर अब के ढह ही जायेगा

ताज़ियत मौसमे-गुल की ऐ हवा है बेकार
बन के ख़ुश्बू वो फ़ज़ाओं में रह ही जायेगा

तुझ पे सजती है अना, ठीक, पर ये याद रहे
रक़्से-बिस्मिल में मकां ये भी ढह ही जायेगा

कोई दिन था कि बेहिसी से तेरी, फ़र्क़ पड़ता था अब नहीं पड़ता
ख़ुश्क आँखों को तब नमी से तेरी फ़र्क़ पड़ता था, अब नहीं पड़ता

लोग ऐसे थे तेरे ग़म से जो ग़मज़दा होते थे, नहीं होते
और उनको भी हर ख़ुशी से तेरी फ़र्क़ पड़ता था, अब नहीं पड़ता

तू है सूरज तेरे तकब्बुर को एक जुगनू भी तोड़ सकता है
मुझ दिये को जो रौशनी से तेरी फ़र्क़ पड़ता था, अब नहीं पड़ता

राह में मुझको छोड़ने वाले! जा तुझे मंज़िलें मुबारक हों
इस मुसाफ़िर को रहबरी से तेरी फ़र्क़ पड़ता था, अब नहीं पड़ता

कब बिखर जायेंगे धागे, टूट जायेंगे ये रिश्ते,
कब अचानक बंद हो जाये, पुराना साज़ है ये
जब बढ़ेगी मांग लेगी ख़ुद-ब-ख़ुद तफ़सील ये भी,
ये कहानी ज़िन्दगी की है अभी आग़ाज़ है ये

जिन किताबों को कभी का पढ़ के हमने रख दिया था,
उन किताबों में कई पंछी अभी भी क़ैद हैं, और
वो जो पंछी जाल अपना ले के ख़ुद ही उड़ गए हैं,
क़िस्मतों को रौंदती उनकी नयी परवाज़ है ये

अस्ल में जो इस कहानी में है, कोई और है वो,
और जो हूँ मैं, हक़ीक़त में वो कोई और ही हूँ
साथ मेरे कौन चलता आ रहा है अब तलक भी,
है कहानी या हक़ीक़त, जो भी है एक राज़ है ये

जो गवाह तारीकियों के थे वो अब चुप हो गए हैं,
रौशनी के हमसफ़र जो थे वो सारे सो गए हैं
कैफ़ियत इस जान को मौला ये क्या है तू बता दे,
हम क़फ़स में हैं, क़फ़स का कौन सा एजाज़ है ये

है करम मुझपे तुम्हारा, ऐ सितारों तुम कहो अब,
ऐ हवा, पानी, ऐ मिटटी, क़र्ज़ है तुम भी कहो अब
बादलों के पार वो जो देखता है मुझको अक्सर,
बस उसी की रहमतों की ही निगाहे-नाज़ है ये

और मैं ख़ुद को मिटा के नाम तेरे कर रही हूँ,
जो तवक़्क़ो मुझसे थी वो काम सारे कर रही हूँ
सबकी बातों को नज़र-अंदाज़ कर के चल रही हूँ,
ख़ुद के अंदर से जो सुनती हूँ वही आवाज़ है ये

किसे फ़र्क़ पड़ता है तेरे बिना अब, ये दुनिया जो चलती है, चलती रहेगी
जो दम भर रही है तेरी चाहतों का वो हाथों की डोरी फिसलती रहेगी

ये जुगनू थकेंगे, बुझेंगे दिये सब, किसी पल छुपेगा ये महताब भी तो
जो है आग दिल में तेरे वो हमेशा ही जलती रही है और जलती रहेगी

कलाएं जो दी हैं मेरे मुर्शिदों ने, दुआएं जो दी हैं मेरे दोस्तों ने
उन्हीं की बदौलत मेरी ज़ात सांचे में ढलती रही थी, और ढलती रहेगी

मैं चाहूँ क़लम पे कोई ज़ोर रक्खूं, मैं लफ़्ज़ों को पकड़ूँ, किसी तौर रक्खूं
मेरी ज़ात की कोई औक़ात हो तो ये कड़वे निवाले निगलती रहेगी

सिखाओ मुझे भी हुनर संगदिली का, कभी दिलबरी का, कभी बेदिली का
वगरना तो काई पे हर पल ये हस्ती क़दम दर क़दम बस फिसलती रहेगी

ये औराक़ सारे कहीं जल न जायें, किन्हीं बारिशों में कहीं गल न जायें
किसी चाक पे चढ़ के गर ढल गए तो ये मिट्टी फ़क़त हाथ मलती रहेगी

जो हम ना हुए तो भला क्या न होगा, ये मौसम, बहारें, हवा, क्या न होगा
हर इक रुख़सती पे ये दुनिया हमेशा संभलती रही है, संभलती रहेगी

नज़्में

चंद हादसात

कभी कभी कुछ हादसात
यूँ हो गुज़रते हैं
जैसे हाथ से कोई दरवाज़ा
बेसबब
ज़ोर से छूट जाए
और हम सहम जायें

कभी कभी चंद हादसात
ऐसे गुज़रते हैं
जैसे दो दरवाज़ों के बीच
उंगलियां भिंच जायें
और साँसें कई दिन के लिये
उसी पल पर अटक जायें

कभी कभी कुछ हादसात
ऐसे गुज़रते हैं
जैसे दोनों तरफ़ को
खुलते, बंद होते दरवाज़े
कोई कशमकश छोड़ जायें

और कभी कभी
कुछ हादसात
गुज़रते ही नहीं
.................!

सर्द मौसम के घाव

सर्द मौसम के घाव भरने में
वक़्त बहुत लेते हैं
फिर भी
पहली और पतली परत आ गई है
पिछले बरस के ज़ख़्म पर
हर बरस एक और परत आती रहेगी
और धीरे धीरे
ज़ख़्म की ज़मीन का रंग भी
एकसार हो जाएगा
बशर्ते ज़ख़्म पर कोई और ज़ख़्म न लगे
कई ज़ख़्म जमी हुई झीलों से होते हैं
जो हालात की गर्मी से
कभी भी बह सकते हैं
क्योंकि
सर्द मौसम के घाव भरने में
वक़्त बहुत लेते हैं

हसीन अहद

जो मैं चल पड़ी थी कल शब
अनजान इक डगर पर
तेरी मंज़िलों से मिलने का
हसीन अहद ले कर
न मैं तुझ तलक ही पहुंची
न मैं ख़ुद से मिल ही पाई
वापिस मैं आ गई हूँ
राहों की गर्द ले कर

फ़र्ज़ करो

फ़र्ज़ करो हम दिल से झूठे
और चेहरे से सच्चे हों
फ़र्ज़ करो के सारे रिश्तों के
धागे ही कच्चे हों

फ़र्ज़ करो हम टूटे हों और
तुम को कोई ख़बर न हो
फ़र्ज़ करो कि तुम में तामीरी का
कोई हुनर न हो

फ़र्ज़ करो के मुझ से वाबस्ता
सब बातें झूठी हों
फ़र्ज़ करो के ऊपर से सखियाँ
सारी ही रूठी हों

फ़र्ज़ करो के राहे-वफ़ा पे हमने
पाँव धरे न हों
फ़र्ज़ करो के चमचम करते चेहरे
बिलकुल खरे न हों

फ़र्ज़ करो के सुबह का भूला
शाम को ना घर आये तो ?
फ़र्ज़ करो के रात अंधेरी
डूब के ख़ुद मर जाये तो ?

जश्न ही है

ये जो सांस चलती है, जश्न है
ये जो रुत बदलती है, जश्न है
ये जो पल मिले हैं नसीब से
वो भी जश्न ही हैं मेरे लिये

वो हो ज़र्द पत्तों का टूटना
या नयी सी कोंपलें फूटना
हो बहार या कि वो हो ख़िज़ाँ
वो भी जश्न ही है मेरे लिये

कभी आसमाँ से ज़मीं मिले
कभी अब्र बन के तू संग चले
कड़ी धूप हो भले राहों में
वो भी जश्न ही है मेरे लिये

तेरे साथ होने की आरज़ू
जैसे गुल में होते हैं रंगो-बू
चाहे ख़ार मिलते हों साथ में
वो भी जश्न ही है मेरे लिये

मैं तेरी रज़ा में ही चल सकूँ
हो के मिट्टी चाक पे ढल सकूँ
तेरी आंच में जलना पड़े
वो भी जश्न ही है मेरे लिये

मैं तो इक कहानी हूँ

मैं तो इक कहानी हूँ
चुपके से छुपा लेना
आँख का ही पानी हूँ

दिल जो ये हमारा है
नूर तुम से पाता है
यही वो सय्यारा है

क़ाफ़िला है यादों का
रात और क्या है बस
सिलसिला है ख़्वाबों का

रख रखाव कैसा है
कर के ख़ुद अता पूछा
अब वो घाव कैसा है

शायरी में मिलते हैं
लफ़्ज़ ही नहीं होते
तज्रबे भी घुलते हैं

कुछ न कुछ तो बोलेगा
राज़दार वो तेरा
दिल के राज़ खोलेगा

फूल तक नहीं खिलता
इश्क़ के जहन्नुम में
हर कोई नहीं जलता

चलो हम भी मिलें

चलो हम भी मिलें जिस्मों से परे
इसी जग में कहीं, रस्मों से परे
सपनों में कहीं, क़समों से परे

जहां आसमान के दरिया में
इक कंकर दे कर मारूँ मैं
फिर तारे झर-झर कर के गिरें
और चाँद को दिल में उतारूं मैं
सपनों में कहीं ,क़समों से परे
लफ़्ज़ों में कहीं, रस्मों से परे
चलो हम भी मिलें, जिस्मों से परे

जहां कैनवास के रंगों में
तुम मुझको उतार के ले आओ
मैं रोज़ सफ़र में रहती हूँ
तुम मुझको पुकार के ले आओ
सपनों में कहीं ,क़समों से परे
लफ़्ज़ों में कहीं, रस्मों से परे
चलो हम भी मिलें, जिस्मों से परे

तुम अपने लफ़्ज़ों में छुप कर
रेशम में पिरो लेना मुझको
और अपने प्यार की बारिश में
थोड़ा सा भिगो देना मुझको
सपनों में कहीं ,क़समों से परे
लफ़्ज़ों में कहीं, रस्मों से परे
चलो हम भी मिलें, जिस्मों से परे

अब के मिले तो

अब के मिले तो हम दोनों ही
ख़ुद की तुझसे बात करेंगे
ख़ुद की मुझसे बात करेंगे
ख़ुद की ख़ुद से बातें कर के
हम दोनों उक़ता भी चुके हैं

तेरे ख़यालों में डूबे तो
दुनिया सारी घूम ली हमने
दर पे इक दस्तक जो हुई तो
हमको ये मालूम हुआ के
कब से हम घर आ भी चुके हैं

रातों को जगते रहना भी
ख़्वाबों से बचते रहना भी
आँखों की मजबूरी होगी
आँखों के क़िस्सों से हम तो
अपनी आँख बचा भी चुके हैं

इस मौसम का क्या है
परसों नरसों ये भी चल ही देगा
एक गिला बस तुमसे है ये
उस मौसम में आये हो जब
ख़ुद को हम बहला भी चुके हैं

घर के हर कोने से अब भी
महक हमारी चुनते होगे
यादों के पशमीने से तुम
कल को पल पल बुनते होगे
लेकिन सच तो ये है साथी
हम तो कब के जा भी चुके हैं

तुम्हारी मुंतज़िर हूँ

तुम्हारी मुंतज़िर हूँ
न सूरत से, न सीरत से, किसी दिन
रूह से गुज़रो
मैं शीशे का हूँ दरवाज़ा, कभी तुम
धूप से गुज़रो

हमारे पांव में पड़ कर तो
बेड़ी नाच उट्ठेगी
हमारे हाथ के कंगन से तुम जो
चाँद से गुज़रो

दबे पांओं चले आना
सिखाये कौन नींदों को
कभी तो ख़्वाब की सौग़ात लेकर
आँख से गुज़रो

किसी आमद से कैसे महकते हैं
आम के पत्ते
कभी सावन के मौसम में धड़कती
कूक से गुज़रो

ये मुमकिन है कभी ज़र्रे से
मैं अल्मास हो जाऊं
मगर ये शर्त भी है तुम मेरे
एहसास से गुज़रो
मैं अब तक मुंतज़िर हूँ

तुम्हारा ख़याल

तुम्हारा ख़याल आता है
तो
बाक़ी सारे ख़याल
जाने कहाँ
दफ़्न हो जाते हैं
सोचे भी कौन
नफ़ा नुक़सान की बातें ?
पर कभी जब
तुम्हारा ख़याल भी
चला गया तो ?

अगर ये इल्म है

अगर ये इल्म है के दाग़
लाज़िम चाँद में है तो
मेरी तुमसे गुज़ारिश है
तुम अपना चाँद बनने का
वो सपना मुल्तवी कर दो
उठाओ आइना तुम भी
करो दीदार ख़ुद अपना
मगर ये जानती हूँ मैं
मुकर जाओगे दाग़ों से

तुम्हारी रूह पर जो दाग़ हैं
जीने न देंगे वो
उढ़ा रक्खी हैं जो तुमने
नक़ाबें सबकी आँखों पर
तुम्हारे झूठ की गर्मी
जला देगी नक़ाबों को
नक़ाबें फिर नयी लाना
नज़रिया ख़ुद ही बन जाना
मगर वो बात भी तो है
कि ये तासीर फ़ितरत की
भला अब ख़ाक बदलेगी ?

अगर ये इल्म है के दाग़
लाज़िम चाँद में है तो
बनो जुगनू, बनो दीपक
बनो सूरज, जलो ख़ुद, पर
कहाँ हर एक के बस में
हुनर होता है जलने का
मेरी तुमसे गुज़ारिश है
तुम अपना चाँद बनने का
वो सपना मुल्तवी कर दो

अशआर

मैं चांद को मद्धम करती हूँ
तुम रात को शब-ब-ख़ैर कहो

●

ख़ुद से भी बच के गुज़रना पड़ा अक्सर मुझ को
काँच का जिस्म था पर साँस में पत्थर ही रहे

●

ये नज़र, जिस्म, क़दम, लम्स, ये दिल, रूह, सुकूं
हम तो क़िस्तों में तेरे घर से चले आते हैं

●

तेरी फ़ुर्क़त की आंच काफ़ी थी
यूँ ही सर्दी गुज़ार दी मैंने

●

कोई तो याद करवाये उन्हें घर लौट कर जाना
जो धीमी आंच पर सपने चढ़ा कर छोड़ आये हैं